한국 희곡 명작선 157

모닥불 아침이슬

한국 희곡 명작선 157

모닥불 아침이슬

윤조병

평민사

윤조병

모닥불 아침이슬

등장인물

김만석 : 조장, 예순 살쯤.
강진호 : 채탄부, 쉰 살쯤.
이덕수 : 채탄부, 마흔 살쯤.
장태철 : 운반부, 서른다섯 살쯤.
한병국 : 운반부, 스물다섯 살쯤.
갈대밭 : 병국의 약혼녀.
섬　네 : 덕수의 처.
다산댁 : 진호의 처
미쁜네 : 마을 술집 주모.
강용재 : 강진호의 아들

때

현재

곳

탄광 막장

무대

탄광의 갱내 막장이다.
좌표번호가 1000-2700-5인 것으로 보아 지하 일천 미터-갱도 거리 이천칠백 미터-다섯째 막장임을 알 수 있다. 지하 깊숙이 있는 작업장이라 천장과 벽을 갱목과 철주로 덧댔다. 바닥에 협궤선로 두 쌍 만나고 있다. 좌측이 동갱구, 우측이 서갱구이고, 전후는 채탄장이다.
이 연극은 처음부터 끝까지 막장 안에서 이루어진다. 추억이나 회상 장면은 막장에 최소한의 소도구를 설치해서 나타내거나 막장 벽을 열고 닫는 식으로 설치할 수 있다.

1장

음악이 흐르면서 막이 오른다. 굴착기 돌아가는 소리가 들려오다가 막장이 서서히 드러난다. 김만석, 강진호, 이덕수가 저만큼 채탄더미에서 곡괭이, 해머, 굴착기로 탄맥을 파고 있다. 막장을 밝히는 것은 막장램프와 광부의 헤드램프뿐인데 그 불빛이 움직일 때마다 막장 구석구석을 채워 너울대는 탄진이 선명하게 드러난다.

장대철, 한병국이 서갱구에서 갱목과 동바리를 실은 탄차를 밀고 들어온다. 그들이 막장 한가운데 이르러 탄차를 세우더니 싣고 온 짐을 막장 바닥에 부린다. 다섯 명의 광부들은 모두 헬멧과 방독면을 쓰고 작업을 한다. 이윽고, 만석이 곡괭이질을 멎고 손을 털면서 나와 막장램프 옆에 걸려있는 종을 친다. 종소리에 덕수와 진호가 굴착기와 해머를 놓고 손을 털며 나오고 태철과 병국도 일을 멈춘다.

막장이 갑자기 조용해진다. 병국이 호스를 끌어다가 채탄더미와 작업장에 물을 뿌린다. 그들은 바닥이나 갱목에 앉거나 탄차에 기대어 탄진이 가라앉기를 기다린다.

멀리서 폭발음이 땅을 울린다. 만석이 방독면을 벗자 모두 방독면과 헬멧을 벗고 땀을 닦고, 수통을 꺼내 입안을 헹구어 탄 더미에 뿌린다.

김만석 (물을 마시다가) 밤차에 서울에서 약혼녀가 내려 오신다구요?

갑작스런 질문에 한병국은 물론 다른 광부들도 물을 마시거나 수통을 기울인 채로 의아하게 바라본다.

김만석 한 선생님, 그만 출갱하세요. 약혼녀 맞을 준비를 하셔야지요.

이덕수 그렇구먼유.

한병국 아닙니다.

김만석 그믐이라 하늘두 칠흑이구, 기차역엔 탄더미가 쌓이구, 마을은 길두 집두 죄 새까만데, 마중조차 없으면 얼마나 서운하시겠어요.

장태철 조장님두. 임을 찾아 천리 길도 멀다잖고 달려오는데, 새까맣다구 새까맣게 보입니까? 푸른 산, 맑은 물일 겝니다.

이덕수 그렇구먼유.

김만석 초행인데 역서 기숙사까지 혼자서는 쉽지 않지. (병국에게) 밤일은 우리 넷이서 어금니 한 번씩 더 물면 지장 없으니 출갱하세요. 선생님, 어서요.

한병국 아닙니다, 조장님. 저를 한 군으로… 아니면 이름을 불러주십시오.

장태철 조장님이 깍듯이 존대하니까 우리가 말을 놓기가 난처합니다.

김만석 현장사무소서 서무일을 보실 땐 우리 모두 선생님, 선생님 했어. 처지가 바뀌었다구 마음까지 바꾸는 게 아닐세.

한병국 장 형 얘긴 그게 아니지요.

장태철 그때 배알이 틀려서 한병국… (망설이다가) 씨를 공구창고로 끌고 가서 몇 대 패긴 했지만… 아직도 한병국 씨를… 어떻든 한 막장서 일하면서 호칭 때문에 서먹하고 싶지 않아요.

김만석 출갱하세요. 교대가 새벽인데 여자 분을 밤새 어디서 서성거리게 하겠어요.

강진호 예는 여관이 없으니까 읍내로 나가야 허지유.

이덕수 우리 집서 하루 이틀 묵어두 되는디유.

한병국 걱정 마세요. 주막 주모에게 부탁을 해놨습니다.

장태철 뭐? 미쁜네에게 부탁을 했어?

한병국 네.

강진호 사내들만 우글거리는 주막에유?

김만석 사내들이래두 죄 막장 식구들이니께 관계는 없지만….

장태철 그게 아니구… 주모가 당신을 좋아한다 그 말이오. 술집 여자지만 미쁜네도 탄동네엔 어울리지 않는 여잡니다. 예서 썩긴 아까운 여자예요. 이까짓 흙똥에 비길 여자가 아니라구요.

그들이 불 없는 담배를 피운다.

김만석 (헬멧을 쓴다) 이번 탄질은 썩 좋아.

강진호 (헬멧을 쓰며) 야, 탄맥결이 좋아서 일두 수월하구먼유.

이덕수 까스도 안 나오구 물두 스미지 않으니까 이참은 갱목두

아끼구 시간두 많이 벌겠어유.

강진호 버력은 벨루구 죄 감돌이라 일허는 맛이 나는구먼유.

이덕수 일허구 지나간 자리가 무명옷 곱게 다듬어 놓는 것처럼 개운하구먼유.

강진호 무명옷 곱게 다듬어 놓는 것처럼? (했다가) 그려어.

장태철, 한병국도 일어선다.

장태철 이 갱달기가 그중 깊다면서요?

김만석 겁난다구 좋은 탄맥을 놔두고 겉만 핥아서는 말이 아니지.

이덕수 야, 막장두 덧대기를 듬성듬성 혔는디두 울매나 튼실해유.

그들이 방독면을 허리에 매달고 헬멧만 쓰고 일을 시작한다. 만석, 진호, 덕수는 지렛대와 해머를 이용해서 덧대기를 해나가고, 병국과 태철은 채탄더미의 탄을 탄차에 싣는다.

김만석 예는 지하 일천 미터구 갱도거리가 이천칠백 미터야. 덧대기를 단단하게 해야 해. 탄을 부리구 올 때 갱목허구 동바리를 있는 대로 죄 얻어 오게.

한병국 네.

장태철 (퉁명스레) 주어야 싣는지 말든지 하죠.

김만석 (해머를 내리치면서) 장 씬, 왜 심통이 났어?

장태철 탄질이 좋다구 정신없이 파내니까 미처 운반할 틈이 없어요.

김만석 잘하면서 그러네.

장태철 잘하는 게 아니구 난리예요.

김만석 …?

한병국 수갱에서 미처 올리지 못하고 있어요. 갱목, 동바리, 철주, 쇠파이프까지 동나구요.

장태철 그것도 쌈질해서 겨우 얻어온 겁니다.

강진호 머드러기 탄맥을 눈앞에 놔두고 굿문 밖으루 나오라는 건 아닐 티지.

장태철 자연조건은 괜찮은디 공기 압축모터, 연결호스, 통풍갱구, 선풍기, 갱목할 것 없이 죄 모자라요. 예 빼서 제 박고, 제 빼서 예 박는 식으로 하다간 큰 사고….

강진호 장 씨….

김만석 굿반수 말로는 다른 데서 더 보충해 온다구 했어. 이건 예 있던 게 아냐. 보충해온 것일세.

한병국 인원도 배로 늘려서 사오백 명씩 들어 보낸답니다.

강진호 그렇게 해야 할 거유.

이덕수 야.

모두 일에 열중한다. 작업 소리만 들리다가,

장태철 (약간 당황한) 조장님, 이거 보세요.

김만석 왜?

장태철 동바리가 땀을 흘려요!

김만석 (본다) 아직은 손땀이구먼.

이덕수 곧바루 비지땀을 흘린 것 같은디유. (외면한다)

강진호와 한병국이 일손을 멎고 바라본다.

장태철 보세요, 이쪽은 축축허게 젖었다구요.

김만석 (살펴보고) 별일은 없어. 갱달기를 하세.

모두 삽을 들고 막장 가에 도랑을 판다.

장태철 바닥은 건하잖아요?

강진호 굿꾸리는 잘하는 게 안전하니께.

장태철 쉿!

모두 귀를 기울인다.

장태철 동바리가 울고 있어요.

이덕수 눈시울을 적신 것뿐인디.

장태철 아냐.

강진호 눈물을 쏟아낼 것 같은디유.

땅울림이 엷게 들려온다.

한병국　땅울림예요!

모 두　…!? (맞아요. 땅이 울어요!)

김만석　너무 마구잡이로 파대구 있어. 방독면을 쓰게.

모두 가스 마스크를 쓴다. 사이렌이 요란스레 울린다.

장태철　비상이에요! 탈출 신홉니다!

김만석　당황하지 말게. 연장을 챙겨 탄차에 오르게.

모두 연모를 챙긴다. 막장이 흔들린다.

장태철　가스폭발이다!

김만석　엎드려!

섬광이 번쩍이고, 광부들의 아우성과 폭음이 뒤섞인다. 산이 무너져 내리듯 소용돌이치다가 땅울림으로 변한다.
어두운 막장에 한 광부가 엎드린 그대로 얼굴만 들어 주위를 살핀다. 그의 캡램프가 막장내부를 하나씩 비춰 나간다.
넘어진 탄차, 퉁겨진 갱목과 철주, 나둥그러진 해머, 곡괭이, 삽들… 여기저기 엎드려서 움직이지 않는 광부들… 땅울림과 자욱하던 탄연이 조금 가시고 무대가 조용해진다.

김만석　(엎드린 대로 방독면을 벗는다) 움직이면 안 돼. 내가 부르는 대로 얼굴을 들어 생사만 확인해 주게. 강진호 (탄 더미에서 얼굴을 든다), 이덕수 (바닥에서 얼굴을 든다), 장태철 (바닥에서 얼굴을 든다), 한병국 (반응이 없다), 한병국 씨 (탄차 밑에서 얼굴을 드는데 헬멧과 가스 마스크가 벗겨지고 피가 흐른다), 한 선생, 그대로 엎드려 계세요! (조심스런 동작으로 통겨진 철주, 갱목, 동바리 따위를 바로 세우면서 다가간다), 도와주게!

광부들이 기고, 걸어가서 탄차에 깔린 한병국을 구조한다.

한병국 다리, 다리가… 아….

김만석 (살펴보고) 골절이야. 대단찮아. 자, 어서들 잡아. (당긴다)

한병국 아…. (아파서 몸을 뒤튼다)

김만석 아프고 말구요. 자, 조금만… 됐어요.

광부들이 탄차를 바로 세운다.

김만석 한 선생을 태우세.

광부들이 한병국을 탄차에 뉜다.

김만석 움직이지 말고 누워 있어요.

한병국 아….

장태철 천장이 곧 내려앉겠어요.

김만석 이웃 막장에서 폭발한 게야. 어서 챙겨 나가.

광부들이 공구들 챙겨 탄차에 싣는다.

이덕수 책임량은 어떻게 하죠?

강진호 나갔다가 들어와야지.

김만석 강 씨는 동갱구로, 이 씨는 서갱구로 앞서게.

강 · 이 네.

김만석 수직갱도가 나오거든 광차를 내려 보내라고 신홀 보내고 우릴 부르게.

강 · 이 야.

진호와 덕수가 좌우 갱구로 나간다.

만석과 태철이 지렛대를 애용해서 탄차의 바퀴를 맞춰 선로에 올려놓는다.

진호가 헐떡이며 들어온다.

강진호 조장님, 막혔구먼유.

장태철 뭐라구요?

김만석 …?

강진호 수직갱도허구 우리 막장 중간이 막혀버렸어유. 지금도 천정서 탄가루가 떨어지구 갱도가 이쪽으루 조금씩 무너져 오고 있구먼유.

덕수도 겁에 질려서 들어온다.

이덕수 조장님…. (말을 잇지 못한다)

모두 넋을 잃고 멍하니 서 있다.

시선이 서서히 만석에게 모아진다.

한병국이가 상체를 일으켜 넘겨본다.

김만석 탄차를 앞으로 밀게.

모 두 …?

김만석 통풍구로 오르세.

모 두 네?

김만석 발판을 만들면서 올라가세.

장태철 일천 미텁니다. 머리도 들어가지 않아요.

김만석 파 내리면서 올라가야지.

이덕수 한 사람만 실수허믄 우르르 떨어지는디유.

김만석 십 미터 간격으로 수평갱이 있어. 선발대가 뚫고 올라가 수평갱에 도착하면 다음 사람이 오르는 걸세.

장태철 우린 오른다고 하지만 한 씨는 어떻게 하죠?

한병국 저도 할 수 있어요. 어서 탈출하세요.

김만석 한 선생은 내가 맡겠네. (밧줄을 찾아내 끝을 허리에 맨다) 차를 앞으로 밀게. 어서.

광부들이 탄차를 앞으로 민다. 탄차가 무대 끝에 왔을 때 앞을 응시하던 한병국이 소리친다.

한병국 잠깐! (멎는다)

장태철 왜 그래? 뭐가 뵈나?

한병국 쉿, 소리가 들려요.

모두 귀를 기울인다.

강진호 갱이 무너지는 소리구먼유.

이덕수 야, 우리 막장두 잠깐이유.

김만석 강 씨는 장 씨허구 동갱구를 막구, 이 씨는 내허구 서갱구를 막세. 탄 더미가 더 들어오지 못하게 쐐기를 박게.

강 씨, 장 씨가 갱목과 동바리와 해머를 들고 동갱구로 나가고, 만석과 덕수도 갱목과 동바리와 곡괭이를 들고 서갱구로 나간다. 한병국이 갑작스레 일어서다가 다리의 통증으로 주저앉는다.

한병국 장 형, 장 형! (대답이 없다) 조장님, 조장님! (대답이 없다. 내려오려다가 바닥으로 굴러 떨어진다) 조장님, 조장님!

김만석 (급히 나오며) 아니, 뭡니까?

한병국 저기 나사갱도 입구에 도시락하고 압축공기통이 있어요.

김만석 (부축하며) 알았어요. 어서 올라가세요.

한병국 벽을 쌓기 전에 파내야 해요. 어서요!

만석이 동갱구로 달려가고, 병국이 다리를 끌면서 기어가다가 쓰러진다.
무대가 서서히 어두워진다.

2장

중앙 전면에 스포트라이트가 떨어지면 만석, 진호, 태철 세 사람이 서서 통풍구를 주시하고 있다. 그들 앞 탄차에는 탄가루가 쏟아져 쌓인다.

강진호 (시계를 본다) 벌써 자정이구먼유.
김만석 (미동을 않는다)
장태철 다섯 시간입니다.
김만석 (역시 미동도 않는다)
진 호 미끄러져 세 번이나 떨어지구유.
태 철 쏟아진 탄가루가 스물다섯 찹니다.
진 호 스물다섯 톤이구먼유.
태 철 십 미터 오르는데 다섯 시간이면 천 미터 오르는데 오백 시간입니다.
진 호 쉬지 않구 계속해서 파 올라가두 스무 날 걸리느먼유.

태 철　선발대는 한 번씩이지 더 못합니다.

진 호　도시락 다섯 개, 압축공기 한 통, 식수 세 수통밖에 없지유.

태 철　통풍구가 위로 올라가면서 계속 살아있다고는 못합니다.

진 호　지금두 공기가 바뀌지 않는디유.

태 철　스무 날을 버티지 못합니다. 탈출은 불가능합니다.

만 석　살아있는 갱도, 인터폰이나 신호선이 있는 비상대기소, 아니면 구조대와 만날 수도 있어.

통풍구에서 빛이 흔들린다.

진 호　막장에 도착했구먼유.

태 철　올라오랍니다.

만 석　(탄차에 올라가서) 덕수, 내 말이 들리나?

덕 수　(위에서 소리만) 야, 들리는구먼유.

만 석　수평갱에 들어섰나?

덕 수　야.

만 석　막장인가?

덕 수　야.

세 사람의 눈에 빛이 솟는다.

만 석　누가 있나?

덕 수　아무도 없는디유.

만 석　피신할 통로가 있단 말인가?

덕 수　예두 죄 맥혔는디유.

만 석　거기 광부들은?

덕 수　예는 더 무너졌구먼유.

태 철　(만석에게) 묻힌 게 아닐까요?

만 석　(덕수에게) 위를 보게. 통풍기가 뚫렸나?

덕 수　야. 뚫렸구먼유.

만 석　올라가겠네.

덕 수　야. 조심허세유.

만 석　(태철에게) 올라오게.

태철이 도시락 보따리를 집어 든다.

덕 수　몸만 오르게.

태철이 탄차에 올라, 팔을 위로 뻗고 오른 다리를 들어 올리면, 스포트라이트가 나간다.
동시에 저쪽 탄 더미에 스포트라이트가 들어오면 병국이 비스듬히 누워 낡은 수첩에 뭔가를 기록하다가 통증으로 엎드린다.
라이트가 통풍구로 바뀌면 만석과 진호가 통풍구를 오르는 태철을 올려다보고 있다.
탄가루가 탄차로 떨어진다.

진 호　불빛이 흔들리느먼유.

만 석　올라가게.

진 호　조장님이 먼저 올라가세유.

만 석　어서 오르게.

진 호　지가 한 선생을 부축해서 오르것어유.

만 석　쉰 일이 아냐.

진 호　허니께유.

만 석　자낸 나가야 해.

진 호　같지유.

만 석　올라가서 밧줄을 만들어 내려 보내게. (사이) 올라가면 자네가 선발대로 통풍구를 오르게.

진 호　야. (그대로 서 있다)

만 석　어서.

진호가 탄차에 올라선다. 그가 팔을 위로 뻗으면서 오른 다리를 들면 스포트라이트가 나가고, 병국에게 라이트가 들어온다. 병국이 엎드려 있다가 상체를 일으켜 아픔을 견디며 수첩에다 무엇인가를 기록한다. 병국의 라이트가 나가고, 다시 중앙 전면 라이트가 들어오면, 만석이 혼자서 통풍구에 시선을 보내고 있다. 역시 탄가루가 부스러기처럼 떨어지기도 하고 뭉텅 쏟아지기도 한다.

신호를 보낸다. 작업복을 꽈서 만든 밧줄이 내려온다. 만석이 도시락, 물통, 공기통을 밧줄 끝에 매달고 흔들자 밧줄이 위로 올라간다. 만석이 병국을 부축해서 탄차에 오른다. 밧줄이 다시 내려온다. 밧줄을 흔들어 그냥 올려 보내고 허리끈으로 병국의 허리를 묶는다.
만석이 팔을 올리고 오른 다리를 들자 라이트가 꺼진다.

3장

막장 구조는 다를 바 없고, 더 무너져서 공간이 훨씬 좁다. 무대 한 곳에 스포트라이트가 떨어지면 덕수와 태철이가 통풍구로 올라오는 만석과 병국을 보고 있다. 작업복은 밧줄을 만들어 알몸 팬티에 헬멧과 수통을 착용했다. 구릿빛 육체가 땀에 번들거리고, 태철의 어깨에는 신발자국이 있다.
만석과 병국이 가까워진 듯 그들이 손을 내밀어 끌어올린다. 서로 묶은 밧줄을 풀자 병국은 늘어진다.

만 석 고통스러울 게야. 네 차례나 떨어졌으니까. 물을 주게.

태 철 (수통을 꺼내 물을 먹이며) 조장님하고 병국 씨가 올라오는데 다섯 시간 반 걸렸습니다.

만 석 밖은 새벽이겠군.

덕 수 마을 앞산이 뿌옇게 밝아오것지유.

만 석 우리 해를 다시 봐야지.

덕 수 죄 맥혔어유.

만 석 강 씨는?

덕 수 올라가구 있지유.

그들의 시선이 머무는 곳에 스포트라이트가 떨어지고, 그 아래에는 그동안 파낸 탄이 쌓여 있다.

태 철 이 막장 갱부들이 출갱한 걸 보면 어딘가 길이 있을 겁니다.

만 석 우리 막장보다 더 무너졌는데….

태 철 탄차가 없잖습니까?

만 석 그야 운반부들이 탄을 싣고…. (덕수의 시선과 마주치자 말을 멎는다)

덕수의 눈길이 구석으로 가고, 만석이 그 눈길을 따라 막장 구석으로 간다. 덕수와 태철이도 따라간다. 만석이 탄 속에서 삽을 꺼낸다. 그 삽으로 탄을 파헤치는데 시신의 발이 나온다. 덕수와 태철이 뒤로 물러선다. 그들의 신음에 병국이 그쪽을 본다.
만석이 삽과 손으로 조심스레 탄을 벗겨내자 시신이 나온다. 만석이 시신의 헬멧과 방독마스크를 벗기고, 시신이 찬 수건을 빼내서 얼굴을 닦아낸 다음 덮어준다. 단추를 풀고, 벨트와 작업화를 벗겨 몸을 편하게 해준다. 주머니에서 소지품을 꺼내 확인하면서 잘 보관시킨다. 이 구석 저 구석에서 차례로 세 구의 시신을 찾아내 모두 같은 절차를 밟아 나란히 뉜다.
만석이 통풍구 아래로 간다. 태철과 덕수도 따라간다. 진호가 오르는지 탄가루가 계속 떨어져 바닥에 쌓인다.
이윽고, 빛이 흔들거린다.

만 석　이보게 진호! (대꾸가 없다) 진호 내 말이 들리나?

진 호　(가까스로) 야, 조장님.

만 석　막장이 성한가?

진 호　(역시) 아니구먼유.

만 석　천장 통풍구는 뵈나?

진 호　뵈지 않는디유. 깨스… 가스….

만 석　진호, 왜 그러나?

진 호　올라오지 마세유….

만 석　뭐라구?

진 호　깨스… 가스가….

만 석　깨스가 찼다구?

진 호　야….

만 석　내려오게. 내려오라구.

진 호　못 내려가겠어유… 꼼짝 못해유….

만 석　여보게, 진호, 정신 차리게! 정신 차려!

진 호　…. (대꾸가 없다)

만 석　진호, 정신을 차리게. 사람이 올라갈 테니 정신 차리게! 덕수, 방독면을 쓰게.

덕 수　야.

덕수가 방독면을 착용한다. 태철이 쏟아져 내린 석탄 위에 올라가서 목말 태울 준비를 한다. 만석이 덕수의 배에 밧줄을 매어 진호의 가스마스크와 압축공기통을 매단다. 덕수가 태철의 어깨에 올라서서 손을 위로 뻗고 오른 발을 들어 올린다.

만 석　　호흡을 시키고 방독면을 씌워 즉시 내려 보내게.

통풍구 쪽 스포트라이트가 나가고, 한병국 쪽 스포트라이트가 들어온다.
한병국이 상체를 세우고 앉아 수첩에 뭔가를 쓰고 있다.
만석이 다가온다.

만 석　　편지를 쓰시나요?
병 국　　네.
만 석　　제 편지도 한 장 써주세요.
병 국　　네?
만 석　　전 글을 몰라요.
병 국　　네….

한병국 쪽 라이트가 나가고, 통풍구 쪽 라이트가 들어온다.
덕수가 올라가는 대로 밧줄이 느릿느릿 오르고 있다.
방독면과 압축공기통이 밧줄 끝에 매달려 올라간다.

만 석　　후퇴할 준비를 하게.
태 철　　아래로 내려간다구요?
만 석　　예도 머지않아 까스가 차네. 폭발은 더 위쪽에 일어났는데 까스가 바로 윗층까지 온 게야.

태 철 그럼 우린….

만 석 (동문서답으로) 내려가는 건 쉽겠지. 밧줄을 타면 되니까.

태 철 (바라보다가, 체념한 듯) 밧줄이 사람을 태우긴 약합니다.

만 석 보태야지.

만석이 작업복 상의를 벗어 찢는다.

무대가 서서히 어두워진다.

4장

다시 1000-2700-5번 막장이다.

모두 팬티 차림으로 앉거나 엎드려서 쉬고 있다.

방금 통풍구를 타고 내려와서 온몸이 탄가루와 땀으로 범벅이다.

한병국의 상처가 수건에 말렸는데, 상당히 부었다.

만 석 (모두에게) 우리가 살아나느냐, 갱살 당하느냐 하는 건 우리가 예서 얼마나 오래 견디느냐에 달렸네. 오래 견디려면 지금부터 모든 걸 최소한으로 아끼면서 시간을 벌어야 하네. 공기, 물, 도시락… 마음까지도 아껴야 하네. 죽는다고 겁을 먹거나 초조해하면 그게 죽는 것보다 더 무서운 일일세.

태 철 구조대가 올까요?

만 석 만일 밖에서 우리와 통화를 한다면 그게 뭐겠나? (사이) 어떻게 해서든지 시간을 벌란 걸세.

태 철 아무것도 공급이 안 되는데 어떻게 견딥니까?

만 석 내 경험으로 봐서 이 도시락은 열여덟 숟갈일세. 우린 도시락을 사흘 간 나눠먹어야 해. 하루에 여섯 숟갈이니깐 한 끼니에 두 숟갈을 먹되 밥알을 세서 먹게.

모 두 …. (긴장할 뿐 말을 않는다)

만 석 한 숟갈이 삼백 톨일세. 한 끼니에 육백 톨씩 세서 먹는 걸세. 세서 먹는 동안 우린 시간을 버는 거네. 찬도 염기를 나눠 섭취해야 하니까 맞춰서 먹게.

광부들이 도시락에 시선을 보내면서 식사 방법에 대해 생각한다.

만 석 이씨, 이 통에 각자 차고 있는 수통의 물을 모두 모으게.

덕 수 야. (그대로 한다)

만 석 (다른 사람이 움직이자) 필요 없이 움직이지 말게. 물이 얼마나 되나?

덕 수 절반이 채 안 되는디유.

만 석 먹고 싶은 대로 마시면 하루치도 안 되네. 이레는 견뎌야 해.

모 두 이레를!

만 석 각자 빈 수통에 소피를 보게. (사이) 그걸 먹어야 하네.

태 철 오줌을 먹으라구요?

만 석 막장에 환기가 안 되고, 우리가 뱉어내는 까스를 뽑아내지 못해. 고통스럽겠지만 호흡도 최소한으로 줄여야 하네.

모 두 (서로의 시선을 주고받는다)

만 석 먹는 게 없으니까 나올 것도 없겠지만, 배설을 억제하세. 배설물은 저쪽 채탄장에 구덩일 파고 보는데, 심심풀이로 하세.

광부들이 채탄장을 바라보면서 배설을 생각한다.

만 석 이제 우린 참고 기다리는 일만 남았네. 모두 편히 앉게.

만석이 막장 바닥에 앉는다. 진호가 앉고, 덕수가 앉고, 사이를 두었다가 태철이 불만스레 철퍼덕 주저앉는다. 병국은 다리의 고통이 심한 듯 신음하면서도 갱목에 엎드려 수첩에 뭔가를 쓴다.

만 석 잊은 게 있구먼. (모두의 귀가 쫑긋한다) 막장 빛은 캡램프뿐이네. 구조될 때까지 빛도 아껴야 하지. 한 사람씩만 켜도록 하세.

만석이 캡램프를 끈다. 무대가 조금 어두워진다.

진 호 조장님, 식사 때가 지났구먼요.

만 석　어젠 저녁을 먹고 입갱했으니까 오늘 아침 식사는 않네.

진호가 캡램프를 끈다. 무대가 조금 더 어두워진다. 사이.

덕 수　조장님, 목이 타는데 물을 먹을까요?
만 석　탈수가 그렇게 빠른 건 아닐세.

덕수가 캡램프를 끈다. 무대가 꽤 어두워진다. 사이.

태 철　(시계를 본다) 제기럴!

모두 생각난 듯 시계를 본다.

만 석　장씨, 시계를 거둬오게.
태 철　네?
만 석　시계가 시간을 늦춰.

태철이 서서히 움직여 시계를 거두어 만석에게 건네고 자리로 돌아온다.
만석이 바닥을 손으로 극히 서서히 판 다음 시계를 넣고 덮는다.

만 석　우린 아무하고도 시간 약속을 하지 않았네. 구조대가 올 때까지 견뎌내야 하네.

광부들이 앞을 바라보는 자세로 꼼짝하지 않는다.
검은 석고상이다.
무대가 어두워진다.

5장

어둠에서 광부들의 슬플 것도, 기쁠 것도 없는 콧노래가 느릿느릿 들려온다.
한 사람의 소리였다가 두 사람, 세 사람, 네 사람, 다섯 사람의 합창이 된다.
막장이 서서히 밝는다.
다섯 명의 광부가 빈 도시락을 들고 막장 바닥에 주저앉아 콧노래를 흥얼거리고 있다.

만 석 쉿!

광부들이 합창을 멎고 귀를 기울인다.

태 철 아무 소리도 들리지 않는데요.
만 석 구조대가 갱을 파들어 오고 있다고 해서 소리가 계속 들리는 건 아냐.
태 철 나흘이에요.

만 석　마음을 아껴.

침묵이 흐른다.

덕 수　도시락이 비었어요.

만 석　이 도시락에 밥을 가득 채우게. 따끈따끈하고 기름이 자르르 흐르는 찰밥을 채우세.

진 호　채울 밥이 없구먼유.

태 철　빈 도시락에 탄가루만 쏟아지고 있어요.

모두 도시락에서 떨어지는 탄가루를 본다.
그 시선들이 만석에게 모아진다.
만석이 그 시선들을 하나하나 받아준다.

만 석　(엉뚱하게) 이렇게 찬찬히 얼굴을 보기도 처음이구먼. 정말, 이렇게 한가롭게 앉아 있은 적이 한 번도 없었어. (사이) 다들 그만그만하게 생겼구먼. 죄 살아서 다시 이 막장에 들어올 얼굴이야. 헤어지지 않고 말이야.

태 철　다신 들어오지 않습니다. 두고 보십시오.

만 석　좋은 일이지. 탄광촌에서 떠나버릴 수만 있다면. (허공에 보냈다가) 죄 다시 돌아왔어. 나도 몇 차례나 다시 돌아오지 않겠다고 참을 뱉은 광산촌 우물에서… (한참 쉬었다가) 손을 씻고, 땀을 씻고, 갈증을 달랬어.

태 철　난 달라요. 절대로 다시 오지 않습니다. (벌떡 일어선다) 미쁜네하고 옐 떠나기로 했다구요.

갑작스런 선포에 모두 의아해한다.

태 철　(병국에게) 당신은 야비해! 당신은 위선자! 빌어먹을! (헬멧을 벗어 휙 던진다)

헬멧이 어둠을 가르고 날아가서 벽에 부딪친다. 벽에 스포트라이트가 떨어지면 미쁜네가 목로에 앉아 있고, 간이탁자에는 돼지저금통, 주전자, 대접이 한 개씩 놓여있다. 대접은 엎어졌는데, 그 앞에 태철이가 앉는다.

이때부터 광부들이 헬멧을 쓰면 현실이고, 헬멧을 벗으면 회상(허구)이 된다. 그러니까 극 속의 극으로 현실과 허구가 뚜렷이 구분되기도 하고, 뒤섞여 혼란을 일으키기도 한다.

태 철　이름이 없어? 하하하.

미쁜네　오늘이 첫날이에요. 댁이 첫 손님이구요.

태 철　다니는 곳마다 이름이 다르다, 그 말이군.

미쁜네　산 다르고 물 다르니까요.

태 철　사내도 다르고.

미쁜네　물론이죠.

태 철　이름이 몇 개지?

미쁜네 그걸 다 어떻게 세요?

태 철 세지 말고 읊어.

미쁜네 (두말 않고 읊는다) 화자, 청자, 정자, 영자, 순자, 치자, 준자, 춘자, 추자, 숙자, 미자 해서 자자 돌림 열두 개 얻고 숙희, 영희, 정희, 순희, 미희, 경희, 상희, 차희, 송희, 선희, 가희, 춘희 해서 희자 돌림 열두 개 얻고 주리, 미리, 애리, 오리, 천리, 만리 돌고 돌아 예 왔는데… (갑자기 가락을 빼고 말로) 이름 하나 선물하세요.

태 철 좋지.

미쁜네 미워도 예쁜 이름으로요.

태 철 미쁜네!

미쁜네 미쁜네? 해명 좀 하세요. 꿈보다 해몽이니까요.

태 철 (갑자기 더듬는다) 저… 미운 듯 예쁘고… 아니, 밉지만 예쁘고… 아니, 밉도록 예쁘다!

미쁜네 오늘 아침부턴 임자가 없다구요. 미쁜이면 미쁜이지 왜 네가 붙어요?

태 철 난 널 처음 보는 순간부터 사랑했어. 지난 임자는 이름 버리듯 버리고… 넌 오늘부터 미쁜네야. 네 임자는 나야.

미쁜네 대담하구, 발표력 좋구. 박력있구, 새까맣구 홋호호.

태 철 그래. 여긴 있을 데가 아냐. 우리 함께 예를 떠나자. 예서 묶이기 전에 떠나자구.

미쁜네 (고개를 살래살래 젓는다)

태 철 새까맣게 염색되고 싶니?

미쁜네 (고개를 젓는다)

태 철 예가 좋으냐?

미쁜네 (고개를 젓는다)

태 철 아는 사람 쫓아 왔니?

미쁜네 (고개를 젓는다)

태 철 빚을 졌니?

미쁜네 (고개를 젓는다)

태 철 옐 떠나고 싶지 않니?

미쁜네 (고개를 젓는다)

태 철 그럼, 우리 떠나자! 난 널 행복하게 해줄 수 있어.

미쁜네가 태철이를 빤히 바라본다. 수긍하는 것 같기도 하고 부정하는 것 같기도 하다. 태철이 서서히 입술을 가져간다. 미쁜네 역시 그것을 원하듯 꼼짝 않고 바라보기만 한다. 태철이 잠깐 망설이듯 하더니 끝내는 입맞춤을 해댄다. 곧 떼고 소리친다.

태 철 아냐! 아냐! 이때…. (헬멧을 급히 찾아 쓴다)

태철이 헬멧을 쓰자 스포트라이트가 나가고, 막장에만 라이트가 떨어진다. 태철이 한병국에게 달려온다.

태 철 입 맞추려는 순간 한병국 당신이 들어왔어. 십분 아니 일분만 늦게 나타났어도 난 그 여자와 옐 떠나는 건데 당신이 나타났단 말야. 어서 나타나라구! 어서! (일으켜 세운다. 생각난 듯) 그래… 당신 그때… (도시락 가방을 들려주며) 가방을 들고 있었어. 와이셔츠에 넥타이를 매고 말이야. (탄가루를 손가락에 묻혀 병국의 가슴에 와이셔츠와 넥타이를 그려댄다) 넥타이를 이만큼 풀어 내렸어. 자, 어서 나타나라구!

태철이 병국의 헬멧을 벗겨 벽 쪽으로 던지고, 자신의 헬멧도 벗어 던지자 그 자리에 스포트라이트가 떨어진다.
미쁜네가 목로에 앉아 있는데 태철이 마주 앉으며 끝부분을 반복한다.

태 철 옐 떠나고 싶지 않니?
미쁜네 (고개를 젓는다)
태 철 그럼, 우리 떠나자! 난 널 행복하게 해줄 수 있어.

미쁜네가 태철이를 빤히 본다. 수긍하는 것 같기도 하고 부정하는 것 같기도 하다.
태철이 서서히 입술을 가져간다. 미쁜네 역시 그것을 원하듯 꼼짝 않고 바라보기만 한다.
태철의 입술이 더 다가간다.
이때, 병국이 가방을 들고 들어온다. 미쁜네는 그 사실을 모르고 그대로 있다.

태 철 손님이야.

미쁜네 (시큰둥하게 돌아보다가, 갑자기 반기며) 오, 선생님이 오시는군요. 만나리라 생각했어요. 허지만 이렇게 빨리 만날 줄은 몰랐는데… 어서 앉으세요. 왜 거품 문 붕어처럼 멀뚱하게 서 계세요?

병국의 반응은 아랑곳 않고, 가방을 받고 손을 끌어다가 의자에 앉힌다.

병국과 태철의 시선이 마주친다.

서로 눈으로 첫 대면을 하는데 미쁜네가 끼어든다.

미쁜네 저녁 기차로 오셨지요?

병 국 네.

미쁜네 저도 그 기차를 탔어요.

병 국 네.

미쁜네 기차라구 느린데다가 달리는 시간보다 서 있는 시간이 더 많고, 고갯길 오르느라고 숨 가빠해서 종일 기차를 탄 셈이죠. 지루할 줄 알았는데 덕분에 재미있었어요.

병 국 네?

미쁜네 (생글거리며) 염소를 만났거든요.

병 국 기차에서요?

미쁜네 그럼요, 호호호, 하얀 염소… 뿔 달린 하얀 염소! 고게 까만 염소가 될지 모르지만.

태 철 동화하고 있네.

미쁜네 (무시하고) 나도 염소였거든요. 할머니하고 엄만 나더러 늘 새끼 염소라고 했어요.

병 국 염소보다는 미인인데요.

미쁜네 종이를 좋아했거든요.

병 국 종이?

태 철 종이만 보면 염소처럼 잘근잘근 씹어댄다 말이지?

병 국 아, 네….

미쁜네 염소나 그러죠.

태 철 네가 염소라면서.

미쁜네 난 종이를 보면 글씨를 썼어요.

태 철 어쭈!

미쁜네 기어 다닐 땐 색연필로 직직 그어 대구, 어렸을 땐 그림을 그리구, 소녀 적엔 작문을 짓구, 처녀 적엔 낙서를 하구, 지금은 편지를 쓰고 싶은데… (다시 생긋 웃으며) 고게 잘 안 되거든요.

태 철 본론을 얘기해. 우표 값을 달래는 거야?

미쁜네 (개의찮고) 오늘 기차에서 종이만 보면 글씨를 쓰는 염소를 만났어요. 고걸 지켜보느라구 지루한 걸 몰랐어요. (병국에게 진지하게) 뭘 그렇게 쓰셨어요?

병국과 태철이 동시에 의아해한다.

미쁜네 호호호, 정말 염소구나. 염소는 제가 종이를 씹으면서도 제가 종이를 씹는다고 생각하지 않는데요. 선생님은 꼭 염소예요. 뿔 달린 하얀 염소. 호호호.

태 철 술장사를 하는 거냐, 입 장사를 하는 거냐?

미쁜네 물론 술장사죠. 선생님… 아니 손님, 무슨 술을 하실까요? 막걸리? 소주? 맥주?

병 국 아무거나.

미쁜네 안주는요?

병 국 아무거나.

태 철 손님은 지조가 없군요. 여자 지조는 절개에 있고 남자 지조는 술에 있는 건데 소주면 소주, 막걸리면 막걸리 (앞의 주전자를 치며) 맥주면 맥주지 아무 거나가 뭡니까? 안주야 우린 (돼지 저금통을 가리키며) 이 돼지고기요. 형씨야 이쪽 사람이 아니니까 상관없지만 술에 대해선 남성의 지조를 지키십시오.

병 국 소주요.

미쁜네가 대접을 엎어진 대로 병국 앞에 밀고, 주전자의 위치만 조금 틀어 놓는다.
소주병, 맥주병, 주전자 등 술의 용기를 구분하지 않고, 소주잔, 맥주잔, 막걸리잔도 구분하지 않고, 따르고 마시는 것도 구체화하지 않는다.

병 국 (태철에게) 한잔 드시겠습니까?

태 철 난 맥줍니다.

병국이 대접을 태철 앞으로 민다.

태 철 고맙습니다.

미쁜네가 이번에는 주전자를 톡 건드리는 정도로 술 따르기를 끝낸다.

미쁜네 나 좀 봐. 초면인데 구면으로 착각하고 인살 안 드렸어요. 전… 미쁜이에요.

병 국 미쁜이?

태 철 미쁜네지요.

미쁜네 미쁜이에요.

병 국 미쁜이보다는 미쁜네가 좋습니다.

미쁜네 (돌변해서, 상큼하게) 미쁜네에요.

태 철 요것이…. (눈을 흘긴다)

병 국 어차피 붙박이 이름이 아니고 철새 이름인데 부담이 없어야죠.

미쁜네 철새라구요? 철새라구 하셨죠! 난 철새를 좋아해요. 자연따라 계절 따라 날고 날아서 산 넘고 물 건너 구름나라 저쪽도 가고 무지개 솟은 산 너머 마을도….

태 철　　읊지 마라. 네 신세도 고달프겠다.

병 국　　이런 마을서는 더군다나죠.

미쁜네　　왜요? 예가 어때서요?

병 국　　나그네 쉬어갈 작은 둥지 하나 없잖소.

태 철　　없어요. 읍내까지 나가야 있죠.

병 국　　새벽에 현장사무소까지 올라가려면 가까운 데서 묵고 싶군요. 사무소엔 전임자가 아직 짐을 꾸리지 않아서 내려왔죠.

태 철　　(벌떡 일어선다) 새로 오시는 서무계 한 선생님 아니십니까?

병 국　　(일어서며) 네.

태 철　　반갑습니다. 막장서 일하고 있습니다. 장태철입니다.

병 국　　한병국입니다. 반갑습니다. 잘 부탁드리겠습니다.

태 철　　모든 게 선생님께 달렸지요. 저… 실은… 노임이 너무 밀려놔서 선생님이 오시길 학수고대하고 있습니다.

병 국　　무슨 말인지 잘 모르겠습니다.

태 철　　그러실 겁니다. 저흰 다 알고 있습니다.

병 국　　뭘 말씀이지요?

태 철　　(빙그레 웃으며) 앉으십시오. 천천히 드십시오. 전 새벽 근무조라 가서 한숨 자겠습니다.

병 국　　나도 곧 갑니다. 같이 일어섭시다.

미쁜네　　(잡으며) 둥지가 따로 있나요. 아무 풀숲이나 비비대면 둥지가 되죠.

태 철　　잘 되셨습니다. (미쁜네에게 다짐을 준다) 내가 한 말 명심해.

미쁜네　…. (빤히 바라본다)

태 철　알았어?

미쁜네는 긍정도 부정도 아닌 시선을 보낼 뿐 대답은 않는다.

태철이 그런 미쁜네를 쏴 보며 나간다.

미쁜네　(활짝 웃으며) 손님, 뭘 그렇게 쓰셨어요? 시? 아냐, 시는 그렇게 길지 않아. 그래, 소설이다, 소설이죠?

병 국　(고개를 젓는다)

미쁜네　기행문이구나, 기행문!

병 국　(고개를 젓는다)

미쁜네　편지?

병 국　(고개를 끄덕인다)

미쁜네　어마, 그렇게 긴 게 편지예요?

병 국　(고개를 끄덕인다)

미쁜네　누구한테 보내요?

병 국　갈밭.

미쁜네　갈밭?

병 국　갈대밭.

미쁜네　거기서 누가 살아요?

병 국　이름이에요.

미쁜네　여자예요?

병 국　(끄덕인다)

미쁜네　애인?

병 국　(고개를 젓는다)

미쁜네　부인?

병 국　(고개를 젓는다)

미쁜네　갈밭이 남자 이름이죠?

병 국　약혼녀.

미쁜네　왜 갈밭이에요?

병 국　그 여자를 처음 보는 순간 저만큼 산그늘이 비켜 가는 강가 갈대밭 같았죠.

미쁜네　(싱겁게) 분위기판가 보다.

병 국　(그 갈대밭을 보듯) 바람이 불어올 때, 햇빛이 환하게 스며들 때, 사람의 마음을 싸 아프게 하는 저 갈대밭이 그 여자고, 그 여자가 갈대밭이죠.

미쁜네　! (끌려든다)

병 국　저 강변 갈밭에 산그늘이 짙게 덮여 오면 바람에 흔들리는 갈댓잎, 물결에 반사되어 반짝이는 갈대꽃, 우수처럼 스며드는 어둠이 사람의 마음을 아프게 하듯 그 여자의 어딘가에 늘 그런 구석이 자리 잡고 있어요.

미쁜네　(상념을 떨쳐 버린다) 편진 짧고 간단해야 해요. 길면 쓰는 사람은 괜히 분위기를 잡고, 받는 사람은 그만 속아 넘어가요.

병 국　미쁜네는 편지를 안 쓰나요?

미쁜네　다 썼어요. 헤어질 때 다 쓰고 말아요. 오늘 아침에 키스하고 웃고… 그렇게 다 써버리고 말았죠. 만날 때 하듯 말예요. 나하고 만난 남자들은 편지 같은 거 안 써요. 나도 안 쓰고요. 써도 소용없어요. 서로 주소도 모르니까요. 그게 편해요, 호호호. (얼굴을 감싸고 조용하게 침묵한다)

병 국 (사이를 두었다가) 손을 떼요.

미쁜네 (손을 뗀다)

병 국 눈을 떠요.

미쁜네 (눈을 뜨고 앞을 본다)

병 국 왜 눈물을 흘리죠?

미쁜네 미안해요. 사실 간밤에 이별연습을 하느라고 한숨도 못 잤거든요. 하품을 한 거예요. (억지웃음으로) 손님은요?

병 국 우린 재회 연습하느라고 밤을 새웠어요.

미쁜네 그럼 잘 됐네요.

병 국 ? (바라본다)

미쁜네 (시선을 마주하며, 속삭이듯) 내 둥지에서 함께 자요. 둘 다 누우면 곯아떨어질 테고, 깨나면 아침일 걸요, 뭐.

병 국 괜찮을까요?

미쁜네 괜찮아요. (사이) 탄광촌 첫날밤이 너무 어두워요. 저 빈방에 혼자 들어가면 외로울 거예요.

병 국 곯아떨어질 텐데요.

미쁜네 (맑게 웃으며) 종이를 좋아하니까 칠십 리 장서 쓸 거예요.

병 국 나는 낮에 쓰던 편지를 끝내야 하구요.

미쁜네 그래요, 염소 손님, 호호호.

병 국 그래요. 새끼 염소, 핫하하.

두 사람이 아이들처럼 웃는데, 스포트라이트가 갑자기 흐려져서 낮은 조도에 멎으면, 두 사람의 동작도 그 상태에서 멎어버린다. 동시에 막장 어둠 속에서 태철이 소리를 친다.

태 철 불을 끄지 마! 그 다음을 봐야 해. 그 뒤가 수수께끼야. 불을 끄지 마. (완전히 어두워지고 막장에 불이 들어온다. 태철이 열을 올리고 있다) 영원한 수수께끼란 말야! (서서히 진정한다) 보셨죠. 우린 떠났을 거예요. 그때 한병국 씨만 아녔으면… (안타까워 울먹이며) 우린 탄광촌을 떠났고… 난 막장에 갇히지 않았어요.… (마치 눈앞에 미쁜네가 있기라도 하듯) 난 보았어요.… 첫눈에 알았어요. 미쁜네가 산 속의 어둠을 두려워하고 있다는 것을 알았어요. 우리가 두려워하듯 미쁜네도 두려워했어요. 뵈지도 않는 두려움의 끈에 묶이기 전에 우린 함께 끈을 끊고 떠날 수 있었어요. 한병국 씨 당신은 반년, 덕수 형님은 십오 년, 강 씨 아저씨는 삼십 년, 조장님은 평생을… 결국 스스로는 떠나지 못했어요. 왜 우린 떠나지 못하죠? 왜 우린 떠나지 못하고 갇히길 원하죠? 왜 우린 갇히죠? (땅을 치며 울부짖는다) 왜, 왜, 왜….

무대가 서서히 어두워진다.

6장

어둠 속에서 광부들이 수수께끼 놀이를 하고 있다.

질 문 거꾸로 자라는 건?

답 고드름.

질 문 둑에 치는?

답 말뚝에 까치.

질 문 목에 사리는?

답 여울목에 송사리.

질 문 마를수록 무거워지는 건?

답 늙은이 다리.

모 두 (까르르 웃는다)

질 문 세계에서 제일 빠른 건?

답 미사일로 막가.

모 두 (까르르 웃는다)

질 문 어둠을 비추는 건?

답 불빛.

질 문 하늘 치고 땅 치는 건?

답 절구공이.

질 문 (반복해서) 어둠을 비치는 건?

답 불빛.

질 문 하늘 치고 땅 치는 건?

답 절구공이.

반복 속도가 점점 빨라지다가 막장에 꽤 넓게 스포트라이트가 떨어지면 다섯 명의 광부들이 둥글게 앉아 가쁜 숨을 몰아쉬고 있다.

만 석 (틈을 주지 않기 위해) 땅뺏기! (하면서 주먹을 번쩍 든다)
모 두 (주먹을 번쩍 든다)
만 석 가위, 바위, 보!
덕 수 (이겨 검지로 말을 퉁기고 뼘을 돌려 땅을 차지한다) 가위, 바위, 보!
태 철 (이겨 땅을 차지한다) 가위, 바위, 보!
진 호 (이겨 땅을 차지한다) 가위, 바위, 보!
병 국 (이겨 땅을 차지한다) 가위, 바위, 보! (비긴다)
모 두 가위, 바위, 보! (비긴다) 보! (비긴다) 보! (비긴다) 보…. (하다가)
만 석 쉿.

모두 가쁜 숨을 죽이고 귀를 기울인다. 조용하다. 실망이 흐른다.

태 철 (침묵을 깨고) 담밸 조금 씹었으면 좋겠는데요.
진 호 (담배를 꺼내며) 용재가 넣어준 건데… 이게 마지막이구먼.

담배 한 가치를 다섯 명이 나눠 냄새를 맡거나 잘근잘근 씹는다. 고통을 잊으려는 듯 음미한다.

만 석 용재가 몇 살인가?

진 호 열아홉이구먼유.

막장 조명이 나가고, 벽 저쪽에 스포트라이트가 떨어지면 광산 사택이다.
비닐을 씌운 창문에서 한 여인이 나타나 이쪽을 바라본다. 순한 오십 대 여인이 미소 같기도 하고 주름살 같기도 한 얼굴로 상체만 보이게 서 있다. 그녀는 앞에 서 있는 용재에게 하는 말인데 마치 허공과 이야기하듯 한다.
그녀 뒤로 파르스름한 하늘이 손바닥만큼 보인다.

다산댁 사람들은 저기 눈앞에 우뚝 서 있는 흠집투성이 산 하나에 달라붙어서 꼼지락거리믄서 숨을 쉰단다, 저 큰 산 뱃속 밑바닥서 어둠을 끄집어내다 배를 채우믄서. 예 사는 어머니들은 시상서 젤로 깜깜한 어둠허구 결혼을 혔구, 느이들은 젤루 납작한 처마 밑서 살고 있는 건디… 어쩌냐, 아버지를 도와 드리거라.

용 재 어머니는 나보구두 예서 아부지 일을 맡아서 살아가라는 거래유?

다산댁 찬찬히 따져어. (사이) 느이 아부지를 봐아라.

그 옆에 스포트라이트가 떨어지면, 진호가 대장간에서 풀무질을 하고 있다. 다산댁은 용재를 보고, 용재는 진호를 바라보는데, 진

호는 새빨갛게 타오르는 화덕에 쇠를 달구고 있다.

다산댁 (계속해서) 안색은 누르디 누르다 못해 납빛이구, 막대기 같은 어깨는 굽다 못해 꺾였는디 폐가 굳어서 그런 거여. 너만 알고 있어.

용 재 누나들도 다 아는디유.

다산댁 용재, 니가 쬐끔 일찍 나왔으믄 지집애 여섯이나 뽑지 않을 틴디 말여.

용 재 그게 지 맴대루 되는 일인감유. (대장간으로 가서 해머를 집어 든다) 아부지, 그거 내놔유.

진 호 (의외의 일에) 뭔 일이여?

용 재 지가 세게 내리칠 테니께유.

진호가 반신반의로 화덕에서 달구어진 쇠붙이를 꺼내 쇠판에 올려놓는다.
용재가 세게 내리치고, 진호는 쇠붙이를 굴린다.
화덕에선 석탄 열기가 뿜어 오르고, 맨몸인 진호는 물론 용재의 얼굴이 붉게 노동의 열기를 발산한다.

용 재 (치면서, 드문드문) 아부지는 왜 고향서 일거리가 떨어졌을 때 다른 일을 찾지 않구 똑같은 일 찾아 예까지 왔대유?

진 호 그건 왜 묻냐?

용 재 글시유.

진 호　엄니헌티 묻거라.

용 재　아부지가 남잔디유.

진 호　나는 그런 생각 안 혔어.

그들은 잠시 말없이 일손을 놀린다.

용 재　없는 살림인디 왜 식구는 많이 낳았대유?

진 호　오늘은 벨 걸 다 묻는구나. 뭔 일이 있었남?

용 재　아니유. (사이) 야?

진 호　꼭 대답을 해야 허니?

용 재　야.

진 호　느이 엄니만 따른 건디.

용 재　엄니가 그러자구 허셨어유?

진 호　느의 엄니는 나를 따른 거구.

용 재　이상허네유.

진 호　내 막장에 들어가믄 쉬는 참에 곰곰 생각해 보마. (사이) 그려두 쓰겠지?

용 재　야.

그들이 말없이 작업을 한다.

용 재　아부지.

진 호　…. (바라본다)

용 재　대장간 일을 지가 허께유. 막장일은 나이 땜이 안 되구유.

진 호　(의외여서) 그게 뭔 말이여?!

용 재　(주머니에서 솔담배 한 갑을 꺼내 놓으며) 막장서 쉬는 참에 씹으세유. 이런 담밴 첨이시잖유.

진 호　이게 뭔 담배여.

용 재　지두 오늘 첨으로 산 거유. 지가 한 개비 없애봤구먼유.

진 호　…!?

용 재　엄니가 기다리셔유.

진호가 마음을 안으로 누르고, 다산댁이 서 있는 창문으로 다가간다.
다산댁이 도시락을 넘겨준다.

진 호　내는 모르겠으니께 임자가 생각혀 갖구 대답해줘어.

다산댁　간밤 꿈이 답답혀서 걱정혔는디유.

진 호　(바라보다가) 용재 참이나 해줘어.

다산댁　수제비 뜰라구 물 끓이구 있구먼유.

진호가 나간다. 다산댁이 용재를 바라본다. 용재가 풀무질을 해댄다. 불꽃이 이글거린다.
그럴수록 미친 듯 풀무질을 해대고 화덕의 불꽃은 그 열기를 펑펑 쏟아낸다.

다산댁 (울부짖는다) 용재야, 안 돼!

동시에 막장에 스포트라이트가 들어오고, 다산댁과 용재 장면은 꺼진다.
진호가 솔의 빈 갑을 움켜쥐고 서 있다. 그는 감정을 드러내지 않는다.

만 석 (어깨를 다독거리며) 용재 그놈이 철들었네. 시간이 남아돌아 갈 때 대답할 말을 생각하면 되겠구먼.

태 철 가만! 문제는 말입니다. 밖에서 우릴 구조해줄 의사가 있느냐는 겁니다.

만 석 뭐라구? (그러나 외면한다)

태 철 구조해줄 뜻이 있느냐 없느냐를 알아야 합니다. 여러분, 안 그래요?

만 석 (시선을 피하고) 그게 무슨 소린가? 사람이 다섯인데 구출을 않겠나?

태 철 만일 굿문서 파들어와야 한다면 그 비용이 엄청납니다.

진 호 맞구먼.

덕 수 차라리 위로금 주고….

만 석 덕수!

모두 주춤한다. 만석이는 자신 있는 말을 못하고 수통의 물을 입술에 축이듯 마신다.

태 철 보세요. 조장님도 그걸 알고 있어요.

만 석 여긴 질이 좋은 석탄이 산더미로 묻혔어. 구조대가 오고 있어.

태 철 아닙니다. 안 옵니다.

진 호 그려, 이대로 죽는 거여.

덕 수 안 돼, 죽을 수 없구먼유.

진 호 (이성을 잃고 폭발한다) 그려. 살아야 혀. 우리가 왜 죽어!

그들이 이성을 잃고 날뛰면서 곡괭이, 해어, 삽 등을 휘두르며 좌우로 달려간다.

만 석 안 돼, 무너져, 돌아와, 돌아와!

그들은 돌아오지 않는다. 좌우 갱도에서 해머소리와 광부들의 힘쓰는 소리가 들려온다.
병국이 절룩이며 만석에게 다가간다.

병 국 (침착하게) 조장님, 구조되나요?

만 석 (허공을 본다)

병 국 이럴 때, 밖에서 어떻게 하나요?

만 석 ….

병 국 진실을 알려주세요, 조장님.

만 석 기대를 무너버릴 순 없지요.

병 국　준비를 하게 해야죠.

만 석　예기찮고 죽어야 해요.

병 국　모두 죽음의 공포에서 떨고 있어요.

만 석　이 속에 들어오면 누구든 저승의 문을 생각하고 있지요.

병 국　죽음을 거역하지 않기로 해요.

만 석　포기해선 안 됩니다.

병 국　우린 모두 자기 의지로 죽음을 극복해야 해요. 떳떳하게 죽어야 해요.

만 석　한 선생님이 생각하는 것처럼 될 수가 없지요. 우린 모두….

갱도 쪽에서 천장이 무너지는 소리와 덕수의 비명이 들린다.

만 석　(일어서며) 덮쳤어요.

만석이 급히 달려간다.

병국도 쫓아 뛰다가 다리의 통증 때문에 주저앉는다.

막장이 어두워진다.

7장

막장 구석, 왼팔을 목에 건 이덕수가 희미한 빛을 받으며 수통을 들고 마시기를 꺼린다. 그 옆에서는 진호가 엉거주춤하게 앉아서 수통에 소변을 본다.

덕 수 못 마시겠구먼유.

진 호 약이다 허구 마셔야지. 약은 소태맛이래야 효험이 있는 게 아닌가베.

덕 수 쓰기나 했으믄 좋겠는디… 쓰지두 않구, 맵지두 않구, 시지두 않구….

진 호 지릿헐 티지. (소변을 끝낸다)

덕 수 냄새만 맡아두 오장육부가 넘어올라구 허는디유.

진 호 (핀잔으로) 오줌 냄샐 몰라서 맡어? 숨을 멎고 눈을 딱 감아 버려.

덕수가 수통을 들고 숨을 멎고 눈을 감는다.
뒤쪽에 스포트라이트가 떨어지면서 만삭이 된 섬네가 나타난다.

섬 네 미안혀유. 죄송하구먼유.

덕수가 급히 눈을 뜬다. 섬네가 사라진다. 덕수가 다시 눈을 감는다.

섬 네 (나타나서) 미안혀유. 죄송허구먼유. 죄 지 때문이지유.

덕 수 (눈을 뜨고 바라보다가) 성님, 눈을 감으믄 집사람이 떠올라유. 생시랑 똑같이 미안허유, 죄송허구먼유, 죄 지 때문이 지유 허는구먼유.

진 호 사실 동생헌티는 내가 여간 미안헌 게 아니구먼.

덕 수 성님두유. 지가 좋아서 예루 왔지 지가 싫으믄 성님이 오랜다구 왔겠어유.

진 호 섬서 살믄 햇빛허구 바람은 좋을 틴디 그렸어.

덕 수 햇빛허구 바람이 밥 멕여 주지는 않잖어유.

진 호 이렇게 갇히지는 않을 것이니께 하는 말이여.

덕 수 진즉 물에 잠겼을지 모르지유.

진 호 동생은 그게 좋아. 넘 원망은 눈꼽만큼두 안 허니께.

덕 수 왜 넘헌티 원망을 헌데유. 예 오기 벌써 전부터 집사람은 뭍으로 가자구 혔지유. 결혼 이레 만에 고깃배가 뒤집혀서 죽다 살았는디… 더위 먹은 소, 달만 보구두 놀래니께 섬서 견딜 재간이 있나유. 그것보담두 오늘이 며칠째래유?

진 호 (떼놓은 석탄 조각을 세고) 닷새째구먼.

덕 수 산일이 낼모레했는디….

진 호 무자식이 상팔잔디 뭣 땜이 늦게 애를 갖게 혔댜?

덕 수 욕심을 내서가 아니구 대를 잇겠다구 그러는디 모르겠구먼유.

진 호 내두 갈증이 심해오는구먼.

덕 수 야, 견딜 수가 없어유.

진 호 우리 가글하세.

두 사람이 동시에 한 모금씩 입에 넣는다. 진호가 가글하자 덕수도 따라 가글한다. 덕수가 왈칵 뱉어내면서 토악질을 해댄다. 뒤이어 진호도 토악질을 한다. 덕수는 창자를 넘길 듯 요란스럽고, 진호는 그보다 덜하게 해대다가 먼저 멎는다.

진 호 쉿.
덕 수 왜유?
진 호 소리가 났어.
덕 수 소리유? 아무 소리두 안 들리는디유.
진 호 가까운 디서 났어. 구조대가 파들어 오는 소리여.
덕 수 정말?
진 호 성한 갱도가 가까이 있으면 빠를 수 있어. (달그락) 쉿, 들려.
덕 수 야, 들렸구먼유. (달그락) 저기 물통 있는 디서 나는디유.
진 호 뭐여?

다가가며 캡램프를 켜서 비춘다.
태철이 물통을 기울여 도시락에 물을 따르다가 주춤한다.

진 호 뭔 짓이여?
태 철 ….
진 호 조장님 허락을 받았남?
태 철 (대답을 않는다)
진 호 조장님두, 한 선생님두, 우리두 죄 오줌을 마시고 있어. 벌써부터 흔들리믄 어쩌?

태 철 빌어먹을! (물통을 세운다)

진 호 옛날부텀두 오줌은 약이여. 단식하믄서 오줌을 마시면….

태 철 당신이나 실컷 쳐먹어.

진 호 뭐여? (다가간다)

덕 수 (잡으며) 성님이 참으세유. 물이 없으믄 몰러두 놔두구 오줌을 마실라니까 쉽지 않구먼.

태 철 내 말이 바로 그거요.

진 호 (감정을 누르고) 조장님은 인간두더지 마흔 해여. 다섯 번을 갇혔구, 길 적엔 이레였는디 게서 죄 견디셨어. 나중에 내 오줌 네 오줌을 가리잖고 마셔댄데. 난 두 번 갇히고 긴 게 사흘이라 이번 첨이지만.

태 철 난 먹어야겠소. (물을 입으로 가져간다)

진 호 장 씨!

태 철 (쏴본다)

진 호 물을 통에 쏟어.

태 철 (여전히 쏴본다)

진 호 자넨 산전수전 다 겪었다구 혔네. 빈농 아들루다가 취직차 상경해서 서적외판원, 전자제품 월부판매사원, 공사판 막일군 노릇하다가 예루 왔다구 혔잖나벼.

태 철 그게 어째서?

진 호 그렇게 고생헌 사람이믄 말여. 이럴 수가 없는 거여.

태 철 뭐야, 이 새끼!

병 국 (소리만) 무슨 짓이오!

조명이 그쪽을 비추면 병국이 서서히 일어서고 있다. 그는 아직 절룩이는 다리를 이끌고 몇 걸음 다가온다. 모두 그에게 시선을 보낸다. 태철은 도시락을 치켜올린 그대로.

병 국 우리의 기대는 허물어지고 있습니다. 우린 곧 죽습니다.

모 두 뭣이?

병 국 두렵습니다. 그걸 극복해야 합니다. 지금, 우리에게, 한 방울의 물, 한순간의 생명이 귀한 게 아닙니다.

태 철 난 당신의 말을 믿지 못해.

만 석 (구석에서 나오며) 장 씨 말이 맞아. 우린 구조돼. 구조대가 오고 있어. 늦는 거야.

태 철 난 당신이 막장에 들어오는 것부터 싫었어. 틈만 나면 글쩍거리는 것도 기분 나빴어. 당신은 노임을 떼먹고 내뺀 그놈들의 앞잽이야.

병 국 장 형, (사이) 나도 이젠 더 참지 않소.

태 철 보여줘. 당신이 이 안에서 쓴 게 뭔지 보여줘.

병 국 이건 내 기록이오.

장태철이 병국의 수첩을 빼앗는다. 병국이 되 빼앗으려고 덤비자 수첩을 저만큼 휙 던진다. 수첩이 떨어진 곳에 라이트가 비치면, 다섯 개의 목로 의자가 한 줄로 놓여있다.

병 국　좋습니다. 보십시오.

태철, 덕수, 진호, 만석이 헬멧을 벗고 그리로 가서 의자에 순서대로 앉는다.
병국이 헬멧을 벗고 다가가서 태철이 앞에 선다.

태 철　이 회사는 묘한 데가 있습니다. 사정이 있어 대학 졸업하고 예까지 오셨겠지만 빨리 손 떼고 뜨는 게 상책입니다. 예는 절망의 안개가 짙게 서려있을 뿐이오.
병 국　그 안개를 무너뜨리고 싶습니다.
태 철　노조지부장한테 먼저 가시오. (수첩을 덕수에게 넘긴다)
덕 수　(수첩을 받아 펴들고) 난 어느 편이냐 하면… 어떻든 잘 협조합시다. 적당하게 눈치껏 뭐 그런 거 이미 세상서 다 배워서 알고 있을 게요.
병 국　일방적 지배는 실패합니다. 서로 손을 잡아야 합니다.
덕 수　보안과장에게 가시오. (수첩을 진호에게 넘긴다)
진 호　(수첩을 펴들고) 선동하는 놈이 있소. 수금만 되면 왜 노임을 밀어놓겠소. 경영을 조금만 알아도 파업하겠다는 생각은 상상도 못할 거요.
병 국　동지적 믿음을 얻어야 합니다. 분배와 공유의 믿음입니다.
진 호　소장님께 가시요. (수첩을 만석에게 넘긴다)
만 석　편리상 광부들에게 자네를 새 운영주의 조카라고 했네.
병 국　그건 사실이 아닙니다.

만 석 운영주가 외국에서 귀국하면 곧 해결될 것을 파업을 한다면 수많은 광부와 그 가족들이 큰 피해를 보는 걸세. 노래 소리를 달콤하게 들려주게. 그래도 안 통하면 칼을 보여주게. 전임자가 석 달을 끌어줬으니까 자네가 석 달만 더 끌어주면 되네. 어떻든 파업만은 막아야 하네. 모든 사람이 직장을 잃는 거니까.

병국이 헬멧을 쓰고 돌아서는데 용재, 섬네, 다산댁이 우르르 몰려들어온다.
병국이 헬멧을 벗는다.

용 재 속지 말라구 혔잖유. 석 달 밀렸을 때 끝내야 허는디, 저 사람이 왔다구 또 믿었으니까 여섯 달을 헛일허구 등신들 된 거유.

섬 네 (여전히) 미안혜유, 죄송허구만유, 죄 지 때문이지유….

다산댁 아이구, 이 노릇을 워쩌유, 용재 아부지 워쩌느냐구유….

흥분한 광부들이 헬멧을 벗고 스포트라이트 안으로 병국을 에워싼다.

태 철 (광부들을 향해) 문 닫아! 이 새끼를 죽여야 해. (병국의 멱살을 쥔다) 그놈들 죄 어디로 갔어? 삼 개월씩 두 번 육 개월 작업한 석탄 팔아 처먹고, 노임 죄 떼먹고 어디로 갔느냐 말야!

병 국 (입을 열지 않는다)

태 철 좋아, 이 새끼, 이 새끼, 이 새끼! (치고 쓰러뜨려 밟는다) 사기꾼 앞잽이! 이 새끼! 이 더러운 새끼! 위선자! 배신자! 네가 처먹은 걸 내 놔, 얼마 처먹었냐? 내놔! 이 새끼야!

진·덕 죽여, 죽여, 죽여…. (밟는다)

태 철 잠깐! 폭약 창고!

모 두 (바라본다)

태 철 다이나마이트! 이 창고를 폭파시키는 거야.

태철이 달려간다. 진호, 덕수도 뒤따르고 가족 모두 우르르 쫓아간다.

만 석 (말리며) 안 돼, 안 돼, 사람을 다쳐선 안 되는 것여…. (밀려서 함께 나가며 계속 만류한다)

병국은 그대로 누워있다. 미쁜네가 숨 가쁘게 들어온다.

미쁜네 여보세요, 선생님. 선생님, 정신 차리세요. (일으켜 세운다) 저예요. 미쁜네에요. 어서 도망치세요. 죄는 밉지만 전 선생님을 미워할 수 없어요. 어서 갈대밭 곁으로 가세요, 어서요.

병 국 (고개를 젓는다)

미쁜네 폭약이에요. 그 사람들 못 말려요.

병 국 난 아닙니다.

미쁜네 네? (사이, 바라보다가) 그럼 왜 그 말을 하지 않아요

병 국 믿지 않아요. 나도 믿어지지 않으니까요.

미쁜네 (빤히 보다가) 정말 한 패가 아니에요? 앞잡이가 아니에요?

병 국 봐요, 미쁜네도 믿지 못하잖아요.

미쁜네 상관없어요. 난 믿든 안 믿든 상관없어요. 난 선생님을 미워할 수 없어요. (포옹을 해댄다)

이쪽 스포트라이트가 나가고, 막장 스포트라이트가 들어오면 만석 진호, 덕수가 둘러섰는데 모두 헬멧을 쓰고 있다. 동시에 병국이 헬멧을 쓰고 나타난다.

태 철 우린 당신이 그동안 계속해서 보고서를 쓰는 걸 보았어. 사기꾼 앞잡이 보고서였어!

병 국 (역시 대답을 않는다)

만 석 나는 한 선생님을 믿지만 그게 궁금하긴 했지요. 숨김없이 얘길 하세요.

병 국 내 개인에 관한 일이요. 극히 개인적 기록이오.

태 철 그래도 알아야겠어.

병국이 앞으로 나오면 그의 얼굴에만 빛이 떨어지고, 저만큼 다른 곳에 갈대밭이 서 있다.

갈대밭　지금은 사람값이 떨어진 세상이에요 믿음이 없잖아요.

병 국　역사에서 밤을 지새우게 해서 미안해요.

갈대밭　기술철학, 경제철학은 사라지고, 재물과 권력이 팽대한 세상인데 예서 무엇을 하겠다는 거예요.

병 국　간밤에 사고가 있었소. 내 다시 편지하겠소.

갈대밭　편지는 많이 받았어요. 석 달 동안 스물일곱 통, 그래서 제 모든 것을 드리려고 왔어요.

병 국　아, 이젠 더 많은 편지를 쓸 수 있을 거야.

갈대밭　무슨 뜻이죠?

병 국　막장으로 들어가겠소.

갈대밭　네? 친구의 죽음이 병국 씨의 잘못이 아닌 것처럼 광부들의 절망이 병국 씨의 책임은 아니잖아요.

병 국　지금 내가 존재하는 곳에 완전히 존재하고 싶소.

그쪽 스포트라이트가 나간다. 만석, 진호, 덕수, 태철은 입을 꽉 다물고, 병국은 시선을 멀리 던진다. 납덩이의 무거운 침묵이 흐른다.

태 철　지난번에 왜 그 말을 하지 않았소? 왜 떠나지 않았소?

병 국　서무계로서 무력한 고독감만을 안고, 그때 떠났다면, 난 지금도 육신만 살아서 돌아다닐 겁니다. 어쩐지 지금 이 순간만은 나 자신이 어둠의, 산의, 마을의, 막장의 한 부분이 되어 있는 듯합니다.

태 철　약혼자가 기다리구 있어도요?

병 국 지금 밖에서 기다리고 있을 겁니다.

만 석 너무 오래 기다리시게 하는군요.

무대가 서서히 어두워진다.

8장

어둠에서 태철, 진호, 병국이 무릎을 꿇고 갈증과 싸우는 소리가 들려온다.

물, 물, 물… 들에게 스포트라이트가 떨어진다.

태 철 조장님, 오줌도 나오지 않아요. 저 물을 한 모금만 먹게 해 주십시오. 마지막으로 한번만 마시면 죽어도 원이 없어요. 네?

진 호 목에 가루가 가득 찼어요. 탄가루가 목구멍을 꽉 메웠어유. 한 모금만… 네? 조장님.

만석은 역시 대꾸를 않는다.

병 국 조장님, 한 방울씩만 축이게 해주세요. 축이기만 해도 살겠어요.

만석이 물통으로 간다. 모두 목을 빼고 바라본다. 만석이 물통을 흔들어 보고 그들에게 다가간다. 그들은 도시락을 꺼내들고 무릎으로 기어서 제비새끼처럼 모여든다.

만 석 한 방울씩밖에 안 돌아가겠어. 마시지 말고 혀로 찍어서 오래 굴리게.

태철, 진호, 병국의 순서로 물을 배급한다. 받은 사람은 빼앗길까 겁내듯 기어가서 아끼듯 혀로 찍는다. 물이 병국에게서 바닥이 난다.

병 국 (아쉬운 듯 내밀며) 이걸 드세요.

만 석 (고개를 젓고, 수통을 꺼내며) 아직 있지요…. (오줌을 마신다)

태철이 도시락을 혓바닥으로 싹싹 핥아대더니, 기어와서 물통을 들어올린다. 그걸 입에 대고 조금씩 일어서며 쏟다가 물이 한 방울도 나오지 않자 냅다 던진다. 물통이 나가떨어지면서 막장이 요란스럽게 울려댄다.

만 석 엎드려!

모두 엎드린다. 천장에 균열이 생기면서 탄가루가 쏟아진다. 울림이 깊어지다가 서서히 멎는다. 이때, 갑자기 쏟아지는 빗소리가 들려오면서 저쪽 벽에 라이트가 들어오면 다산댁, 갈대밭, 미쁜네, 용재, 섬네가 비를 맞으며 차례로 나타난다. 그들의 환상이다.
다산댁과 용재가 우의 조각을 함께 쓰고 나타난다. 진호가 한 걸음 기어간다.
갈대밭이 우산을 쓰고 나타난다. 병국이 한 걸음 기어간다.
미쁜네가 양산을 쓰고 나타난다. 태철이 한 걸음 기어간다.
섬네가 부서진 비닐우산을 쓰고 산봉우리처럼 솟아오른 배를 안고 나타난다.
덕수가 보이지 않는다.

만 석 (부른다) 덕수, 덕수, 덕수….

덕수의 대답이 없다. 섬네쪽 스포트라이트가 꺼지고, 광부들은 환상에서 깨어난다.
쿵 하는 소리와 함께 위에서 뭔가가 탄 차로 떨어진다. 라이트가 비추면 위에서 밧줄이 내려와 흔들거리고 탄차에서 덕수가 엉거주춤 일어서는데 그의 입에는 피와 살이 묻었고, 그의 손에는 몇 개의 물통이 들려있다.

만 석 덕수, 자네 위에서 뭘 먹었나?
덕 수 괴기를 먹었구먼유.

만석과 병국이 놀라는데, 태철과 진호는 돌아선다. 만석과 병국이 태철과 진호의 얼굴을 각각 살펴본다.

만 석 강 씨 자네두?

진 호 그 사람들 도시락허구 수통을 가지러 갔다가… 죄 비구 읎어서….

병 국 장 형이 시작했소?

태 철 (엉뚱하게) 쉿. 소리가 들려!

덕수와 진호가 귀를 기울인다. 삭도 소리, 콤베어 소리, 컴푸레사 소리가 은은하게 들려온다. 태철, 진호, 덕수에게만 들리는 환상이다.

태 철 들려요….

진 호 그려, 들려.

덕 수 구조대가 파들어 오는디!

태 철 (한쪽 벽으로 가서) 구조대가 가까이 왔어.

진 호 (다른 벽으로 가서) 그려, 가까이 왔다구.

덕 수 (다른 벽으로 가서) 예까지 왔구먼유.

그들은 벽을 끌어안고 희망에 찬 모습으로 즐거워한다.

태 철 오, 우린 살았어.

덕 수 우린 살았구먼유.

진 호　우린 살았어유.

태 철　저 해머 소리!

덕 수　저 곡괭이 소리!

진 호　저 콤푸레사 소리!

모 두　구조대가 왔어. 우린 살았어. 핫하하, 으흐흐….

그들은 벽에 몸을 비비고, 얼굴을 비벼 입 맞추고, 울고 웃고 하다가 갑자기 뚝 멎는다.
환청이 사라진 것이다.

덕 수　안 들려유. 소리가 안 들려유….

태 철　멎었어. 멎어 버렸어.

진 호　여기두… 다른 디루 가버렸나벼.

모 두　안 돼, 살려줘, 여기야 여기, 여기야 여기, 여기란 말여….

그들이 손톱이 뭉그러져 피가 나도록 벽을 긁어댄다. 벽은 조금도 물러나지 않고 우뚝 버티고 서 있다. 한 명씩 쓰러지면서 꺼억꺼억 울어댄다. 드디어, 잠들었는지 조용해진다.

병 국　(다가가려다 휘청해서 탄차에 기대며) 어떻게 하죠?

만 석　(역시 움직이려다가 휘청해서 탄차에 기대며) 정신을 잃지 않게 해야 되는데요.

병 국　늦었어요.

만 석 그래도 해야 돼요.

병 국 모두 지쳤어요. 까물까물 해요.

만 석 한 선생님까지 그러면 안돼요.

병 국 네, 조장님… (탄차에 기댄 채 고개를 떨군다) 숨이….

만석이 힘들여 구석에서 공기탱크를 가져다가 병국의 코에 대준다. 병국이 정신을 차린 듯 그것을 힘들여 끌고 가서 덕수, 진호, 태철에게 대준다. 그들은 서서히 몸을 일으킨다. 그러나 헛소리를 한다.

덕 수 (갱도를 바라보며) 입을 벌리고 있구먼유.

만 석 뭐가?

덕 수 저 갱이 아가리를 쩍 벌리구 있어유.

만 석 늘 그랬어.

덕 수 무서워유.

만 석 무섭긴. 우린 늘 저 입으로 드나들었어.

덕 수 사자밥을 떠놓고… 입을 쩍 벌려 우리를 삼켜버릴 것인디유….

만 석 날아가자. 큰 새처럼 날아가자. 그럼 우릴 못 삼켜. (병국에게) 공기통을 활짝 열어요. 새 놀이, 새 놀이를 하자구… 자, 어서 어서 날자구.

만석과 병국이 세 사람을 일으켜 세우고 병국, 덕수, 진호, 태철,

만석 순으로 활강하는 새처럼 날개를 펴고 날기 시작한다. 어둠이 안개가 되어 햇살을 받으면서 새를 감싼다. 그들은 그렇게 날아 웃는 얼굴로 산을 넘고 바다를 건너간다. 그러나 햇살과 안개가 스러지면서 현실이 된다. 가쁜 숨을 몰아쉬며 한 명씩 한 명씩 쓰러진다.

막장이 어두워진다.

9장

어둠에서 미쁜네 노래가 들려온다.

미쁜네 지금도 기억하고 있어요. 그날의 마지막 밤을….

한쪽에 스포트라이트가 꽤 둥글게 떨어지면 주막에 갈대밭, 다산댁, 섬네, 미쁜네가 목로에 앉아있다. 그들 앞에는 막걸리, 소주, 맥주, 음료수 한 병씩과 그에 맞는 잔이 제대로 놓여 있다. 다른 가족들은 슬픔에 잠겨 있는데 미쁜네는 노래를 불러댄다.

미쁜네 … 뜻 모를 이야기만 남긴 채 우린 헤어졌지요. 그날의 쓸쓸했던 표정이 그의 진실인가요….

막장에 흐린 스포트라이트가 떨어지면, 병국이 희미해진 캡램프

빛에서 뭔가를 꼬물꼬물 쓰고 있다. 지상과 막장이 동시에 연결되기도 하고, 끊어지기도 하는 것이다. 미쁜네가 슬프고 허망한데다가 취해서 장난기를 발동한다.

미쁜네 (노래를 뚝 멎고, 갈대밭에게) 뭐라구요?

갈대밭은 그대로 있고, 병국이 마치 그 소리를 들은 듯 고개를 들어 앞을 본다. 병국이 다시 꼬물꼬물 쓴다.

미쁜네 뭐라고 하셨어요?

역시 갈대밭은 그대로 있고 병국이 다시 고개를 든다.

미쁜네 약혼한 사이가 아니라구요. 아이가 하나 있다구요. 처녀 때 병국 씨가 짝사랑을 했는데, 미망인이 되니까 다시 구애를 한다구요. 열렬히… 열렬히… 열렬히!

갈대밭이 더 견디지 못하겠다는 듯 뛰쳐나간다. 병국에게 비추던 라이트도 나간다.

미쁜네 (노랠 부른다) 울고 왔다 울고 가는 설은 사정을 당신이 몰라주면 그 누가 알아주나요. 알뜰한 당신은 알뜰한 당신은… (뚝 멎고, 다산댁에게) 딸 다섯에 아들 하나믄 너무 많구먼유.

다산댁은 고개를 숙인 채 말이 없고, 막장 진호에게 스포트라이트가 떨어지면 멍한 얼굴로 허공을 보고 있다.

미쁜네 아저씬 아줌니헌티 정성이 지극허구 알뜰혔는디… 딸들이 죄 몰려와 갖구 보상금 땜이 아이구땜을 헌다구유? 대장간 화덕불은 언제 피우는 건지 모르겠네유.

다산댁이 뛰쳐나가고, 진호의 라이트도 나간다.

미쁜네 세노야 세노야 산과 바다에 우리가 살고 산과 바다에 우리가… (뚝 멎고, 섬네에게) 바다두 무섭구 산도 무섭지유.

섬네는 솟아오른 배를 움켜질 뿐 대답을 않는데, 덕수에게 라이트가 떨어지면 구석에서 밧줄로 뭔가를 만들고 있다.

미쁜네 (흉내로) 미안허유. 죄송허구먼유. 죄 지때문이지유. 호호호.

섬네가 얼굴을 가리고 뛰어 나가고, 덕수쪽 라이트가 나간다. 미쁜네가 잔에 막걸리를 따른다. 그 사이에 만석에게 라이트가 떨어진다.

미쁜네 (혼자 소리로) 양아들이 매몰사고로 죽자 메느리는 다섯 살 짜리 자식 내버리구 떠나구, 조장영감은 손자 땜에 막장에 들어가구… 호호호… 헌데, 그 메느님이 보상금 타러 오셨다… 호호호….

미쁜네가 다시 술을 한잔 더 따르더니 담배를 꺼내 라이터로 불을 붙여 문다.

그 사이에,

만 석 한 선생님. 지가 부탁한 거 다 됐나요.

병 국 예. (쪽지를 준다) 어떻게 전하시겠습니까?

만 석 (꼬물꼬물 바닥을 파서 묻는다) 파내 갈 거예요. 탄질이 썩 좋으니까….

만석 쪽의 라이트가 나가고, 미쁜네가 술잔을 바라보다가,

미쁜네 그 사내가 술은 호탕하게 마셨어.

태철에게 라이트가 떨어지면 그리움과 반가움의 미소를 짓는다.

미쁜네 (젓가락 장단을 치며) 오동추야 달이 밝아 오동동이냐 동동주 술타령이 오동동이냐 아니요, 아니… (뚝 멎는다, 갑자기 언성을 높여) 쥐뿔두 없는 주제에 예서 탈출하자구? 허!

그 말에 태철의 미소가 뚝 멎더니 고개를 푹 꺾는다.

미쁜네 (화를 누르고 상냥하게) 없다 없다 해도 보상금 타갈 피붙이도 없을까. 호호호 내가 나서 볼까. 살 몇 번 비벼줬으니까 안 될 것도 없지. 외상값도 있구, 호호호. (막걸리가 가득 담긴 대접을 배에 엎어대고) 이렇게 씨를 뿌렸으니까. 호호호… (뚝 멎고) 씨는 씬데 그 씨는 아녀.

태철 쪽의 라이트가 나간다.

미쁜네 (술을 따르다가) 왜, 이렇게, 갑자기, 서럽지? 그 많던 사내들… (흑흑 느낀다) 사내들… 새끼들… 개새끼들… 뭣 같은 새끼들… (자신의 옷을 갈기갈기 찢으며) 더러운 년, 쌍년, 개 같은 년, 갈보… 갈보… 갈보….

울부짖다가 탁자 위에 쓰러진다. 탁자가 넘어질 듯 흔들흔들 하면서 조명이 서서히 어두워지다가 완전히 어두워진 순간에 쿵쾅 소리를 내면서 넘어지는 소리가 귀청을 때린다.
동시에, 한 줄기 엷은 조명이 막장 구석을 비추면 천장 갱목에 이덕수의 시체가 대롱대롱 매달려있다. 막장이 밝아진다. 만석과 병국은 손을 들어 덕수의 시체를 가리키며 소리치려고 애쓰는데 입이 굳어서 한 마디도 내뱉지 못한다. 진호와 태철은 한 걸음씩 물러나 앉아서 표정 없는 얼굴로 바라본다. 그들의 얼굴은 알아볼

수 없게 수척한데 입술과 코가 부르트고 터져서 마른 딱지가 덕지덕지 달라붙어 있다. 덕수, 진호, 태철의 손가락은 벽을 긁어낼 때 뭉그러져서 비참한 몰골이다.

만 석 (다가와서, 시신에게) 갱 아가리가 그렇게 무서워. 쯧쯧….

만석이 덕수 발밑으로 탄차를 밀어 넣는다. 병국이도 같이 움직인다. 두 사람이 탄차에 오르려고 실갱이를 한다. 결국 수통을 벗어버리고 겨우 올라간다. 둘이 애써 시체를 내려 탄차에 뉜다.

만 석 (눈을 감기며) 못난 사람… 죽는다고 먼저 나갈 수 있는감….

진호와 태철은 두 사람이 벗어놓은 수통을 한 개씩 차지해서 입에 들어붓는데 빈 통이다. 빼앗길까 슬금슬금 피하면서 환상으로 마시고, 수통을 허리에 겹쳐 찬다. 진호와 태철이 동시에 흰 이빨을 환하게 드러내 웃더니 힘이 솟는 듯 떠들기 시작한다.

진 호 어이, 삭도가 돌아가는디. 덜덜덜, 이히힛.
태 철 그래, 덜덜덜… 덜덜덜….
진 호 바람이여, 시원헌 바람이여.
태 철 우리도 일을 하자. 죄 일을 하잖아.

그들이 탄차를 밀기 시작한다.

진 호 힘을 내여.

태 철 기운 세다구 소가 왕이 될까.

진 호 힘을 내여. 착실하게 복이 온다는디.

태 철 우리 팔자야 뻔한디?

진 호 홍두깨에 꽃피는 걸 봤는디.

태 철 어느 시러배가.

진 호 내 엄마가.

태 철 자식 복 엄니가 가졌구먼.

진 호 그려서 내가 생긴 건디.

태 철 뭐? (쉰다)

진 호 쉬지 말고 혀. 착실혀야지.

태 철 (다시 밀며) 이번 얼마나 나올까?

진 호 뭐가?

태 철 간주 말야.

진 호 일 혀. 일 허믄 돈 버는 거여.

태 철 한 가락 뽑으쇼.

진 호 (두말 않고 뽑는다) 서라벌 밝은 달에….

태 철 (추임새로) 영차!

진 호 밤이 깊도록 노니다가….

태 철 영차!

진 호 들어와 자리를 보니….

태 철 영차!

진 호 다리가 넷이여….

태 철　영차!

진 호　둘은 내 것이고….

태 철　영차!

진 호　둘은 뉘 것인고….

태 철　영차!

진 호　본디 내 것이다만….

태 철　영차!

진 호　앗아가거늘 어찌하리….

태 철　영차!

진 호　다 왔다.

태 철　영차, 영차….

착각의 절정에서 현실로 떨어지면, 탄차의 속도를 따르지 못해 엎어진다.
만석와 병국이 눈을 뜬다. 탄차는 관성으로 달려가 벽에 부딪쳤다가 쓰러진 두 사람을 향해 되돌아온다. 만석과 병국이 위기를 느끼면서도 몸을 움직이지 못해 안타까워하는데, 탄차는 두 사람의 헬멧을 치고 멎는다. 만석과 병국이 간신히 다가가서 탄차를 빗겨 놓는다.

만 석　(확인하고) 인생은 어차피 모닥불이지요.

병 국　(확인하고) 아침 이슬이고요.

만 석　영혼은 아직 몸을 떠나지 않았어요.

병 국 네.

병 국 보내주십시다.

만 석 네.

두 사람이 벌레같이 꼬물꼬물 움직여 두 시체를 탄차에 싣는다. 앞뒤에서 끌고 밀어 간신히 움직여간다.

만 석 (호흡장애로) 한 선생님.

병 국 (역시 숨을 몰아쉬며) 네. 조장님.

만 석 우리가 잘못했어요.

병 국 우린 잘 했어요.

만 석 구조대를 기다릴 게 아니구 그냥 파 올라갈 걸 그랬나 봐요.

병 국 너무 높아요.

만 석 모두 그렇게 생각할까요?

병 국 네. 그럴 거예요.

만 석 그랬으면 쓰겠어요.

그들이 잠시 멎는다. 숨을 몰아쉬어 힘을 만든다.

만 석 겁이 나요.

병 국 ….

만 석 죽어서 원혼에 쫓길 거예요. 그런 일이 없으면 쓰겠어요.

육신은 썩구, 혼은 흩어져버리구, 아무 것도 남지 않는 게 죽음이면 쓰겠어요.

병 국 네, 그게 주검일 거예요.

그들이 다시 움직인다.

만 석 이렇게 정신이 또렷해지는 건 웬일이지? 한번 앞을 봤으면 쓰겠어요.

병 국 살아서도 앞을 못 보는 걸요.

만 석 그래. 그랬어요.

그들이 다시 멎어 가쁜 숨을 몰아쉬어 힘을 만든다.

만 석 죽는 자리니까 앞을 쬐끔만 보여줬으면 쓰겠어요.

병 국 이 어둠처럼 시작이구 끝일 거예요.

만 석 그래, 그랬으면요.

막장 구석에서 갱목과 철주가 소리를 내며 주저앉고 탄가루가 쏟아진다.

만 석 어머니가 선탄부로 일생을 보내시다가 돌아가실 때 유언을 하셨지요. 어떻게 해서든 탄광을 떠나거라. 그렇잖으면 처자를 갖지 말거라. 그 말씀을 따르다가 뒤늦게 양자를… 손자가 보고 싶군요.

병 국 네….

만 석 죽어서는 인연이라는 게 없으면 해요. 인연은 아프거든요. 바깥하고의 인연 때문에… 우린 더 힘들었어요.

병 국 네, 힘들었어요. 이젠 괜찮아요. 죽음은 모든 인연을 태워 버리는 걸 거예요.

만 석 태워도 재가 남으면 어쩌지요.

병 국 물건이 타면 재가 남지만, 정이 타면 아무것도 남지 않아요.

만 석 그래, 그랬으면 쓰겠어요.

이때, 천장이 무너진다.

만 석 죄를 짓지 않으려고 했어요. 죽어선 모르게 짓는 죄도 없으면 해요.

병 국 죄의 끈은 죽어서도 끊어지지 않는가 봐요.

만 석 그걸 끊었으면 쓰겠군요.

그들이 멎는다.

병 국 자고 싶어요. 눈을 감고 깊이깊이 자고 싶어요.

만 석 안 돼요. 잠들면 안 돼요.

병 국 쏟아져요. 쏟아져요.

만 석 오늘이 며칠이지요?

병 국 열… 열나흘까지 셌는데… 지금은 모르겠어요.

병국이 더 따르지 못하고 쓰러진다.
만석은 그 사실을 모르고 탄차를 느릿느릿 끌어간다.
탄차가 멎는다.

만 석 한 선생님….
병 국 ….

만석이 서서히 돌아선다. 병국이 뵈지 않자 찾으려고 몸을 움직이는데 휘청하면서 탄차에 기댄다.

만 석 한 선생님… 어디… 계시지요. 대답을 허세요. 잠들면 안 됩니다.

만석의 손이 풀리면서 그의 몸뚱이가 허깨비처럼 구겨져 내리더니 마침내는 막장 바닥에 코를 박고 움직이지 않는다. 삭도 돌아가는 소리가 덜덜덜 한가롭게 들려온다. 그 소리를 타고 광부들이 슬플 것도 기쁠 것도 없는 콧노래가 들려온다. 그건 한 사람이다가, 두 사람, 세 사람, 네 사람, 다섯 사람의 합창이 된다.
막장이 서서히 어두워진다.

—막

한국 희곡 명작선 157
모닥불 아침이슬

초판 1쇄 인쇄일 2023년 11월 20일
초판 1쇄 발행일 2023년 11월 29일

지 은 이 윤조병
만 든 이 이정옥
만 든 곳 평민사
서울시 은평구 수색로 340 <202호>
전화 : 02) 375-8571 / 팩스 : 02) 375-8573
http://blog.naver.com/pyung1976
이메일 pyung1976@naver.com
등록번호 25100-2015-000102호
ISBN 978-89-7115-127-3 04800
978-89-7115-663-6 (set)
정 가 8,500원

이 책은 사단법인 한국극작가협회가 한국문화예술위원회의 2023년 제6회 극작엑스포
지원금을 받아 출간하였습니다.

한국 희곡 명작선

01 윤대성 | 나의 아버지의 죽음
02 홍창수 | 오늘 나는 개를 낳았다
03 김수미 | 인생 오후 그리고 꿈
04 홍원기 | 전설의 달밤
05 김민정 | 하나코
06 이미정 | 여행자들의 문학수업
07 최세아 | 어른아이
08 최송림 | 에케호모
09 진 주 | 무지개섬 이야기
10 배봉기 | 사랑이 온다
11 최준호 | 기록의 흔적
12 박정기 | 뮤지컬 황금잎사귀
13 선욱현 | 허난설헌
14 안희철 | 아비, 규환
15 김정숙 | 심청전을 짓다
16 김나영 | 밥
17 설유진 | 9월
18 김성진 | 가족사(死)진
19 유진월 | 파리의 그 여자, 나혜석
20 박장렬 | 집을 떠나며 "나는 아직 사랑을 모른다"
21 이우천 | 결혼기념일
22 최원종 | 마냥 씩씩한 로맨스
23 정범철 | 궁전의 여인들
24 국민성 | 조르바 빠들의 불편한 동거
25 이시원 | 녹차정원
26 백하룡 | 적산가옥
27 이해성 | 빨간시
28 양수근 | 오월의 석류
29 차근호 | 루시드 드림
30 노경식 | 두 영웅
31 노경식 | 세 친구
32 위기훈 | 밀실수업
33 윤대성 | 상처입은 청룡 백호 날다
34 김수미 | 애국자들의 수요모임
35 강제권 | 까페07
36 정상미 | 낙원상가
37 김정숙 | '숙영낭자전'을 읽다
38 김민정 | 아인슈타인의 별
39 정범철 | 불편한 너와의 사정거리
40 홍창수 | 메데아 네이처
41 최원종 | 청춘, 간다
42 박정기 | 완전한 사랑
43 국민성 | 롤로코스터
44 강 준 | 내 인생에 백태클
45 김성진 | 소년공작원
46 배진아 | 서울은 지금 맑음
47 이우천 | 청산리에서 광화문까지
48 차근호 | 조선제왕신위
49 임은정 | 김선생의 특약
50 오태영 | 그림자 재판
51 안희철 | 봉보부인
52 이대영 | 만만한 인생
53 박경희 | 트라이앵글
54 김영무 | 삼강주막에서
55 최기우 | 조선의 여자
56 윤한수 | 색소폰과 아코디언
57 이정운 | 덕만씨를 찾습니다

58 임창빈 | 왜 그래
59 최은옥 | 진통제와 저울
60 이강백 | 어둠상자
61 주수철 | 바람을 이기는 단 하나의 방법
62 김명주 | 달빛에 달은 없고
63 도완석 | 봄 여름 가을 그리고 겨울
64 유현규 | 칼치
65 최송림 | 도라산 아리랑
66 황은화 | 피아노
67 변영진 | 펜스 너머로 가을바람이 불기 시작해
68 양수근 | 표(表)
69 이지훈 | 나의 강변북로
70 장일홍 | 오케스트라의 꼬마 천사들
71 김수미 | 김유신(죽어서 왕이 된 이름)
72 김정숙 | 꽃가마
73 차근호 | 사랑의 기원
74 이미경 | 그게 아닌데
75 강제권 | 땀비엣, 보
75 정범철 | 시체들의 호흡법
77 김민정 | 짐승의 時間
78 윤정환 | 선물
79 강재림 | 마지막 디너쇼
80 김나영 | 소풍血전
81 최준호 | 핏빛, 그 찰나의 순간
82 신영선 | 욕망의 불가능한 대상
83 박주리 | 먼지 아기/꽃신, 그 길을 따라
84 강수성 | 동피랑
85 김도경 | 유튜버(U-Tuber)
86 한민규 | 무희, 무명이 되고자 했던 그녀
87 이희규 | 안개꽃/화(火), 화(花), 화(華)
88 안희철 | 데자뷰
89 김성진 | 이를 탐한 대가
90 홍창수 | 신라의 달밤
91 이정운 | 봄, 소풍
92 이지훈 | 머나 먼 벨몬트
93 황은화 | 내가 본 것
94 최송림 | 간사지
95 이대영 | 우리 집 식구들 나만 빼고 다 이상해
96 이우천 | 중첩
97 도완석 | 하늘 바람이어라
98 양수근 | 옆집여자
99 최기우 | 들꽃상여
100 위기훈 | 마음의 준비
101 노경식 | 봄꿈(春夢)
102 강추자 | 공녀 아실
103 김수미 | 타클라마칸
104 김태현 | 연선
105 김민정 | 목마, 숙녀 그리고 아포롱
106 이미경 | 맘모스 해동
107 강수성 | 짝
108 최송림 | 늦둥이
109 도완석 | 금계필담
110 김낙형 | 지상의 모든 밤들
111 최준호 | 인구론
112 정영욱 | 농담
113 이지훈 | 조카스타2016
114 안희철 | 만나지 못한 친구
115 김정숙 | 소녀
116 이상용 | 현해탄에 스러진 별
117 유현규 | 임신한 남자들
118 김성희 | 동행
119 강제권 | 없시요
120 최기우 | 정으래비
121 강재림 | 살암시난

122 장창호 | 보라색 소
123 정범철 | 밀정리스트
124 정재춘 | 미스 대디
125 윤정환 | 소
126 한민규 | 최후의 전사
127 김인경 | 염쟁이 유씨
128 양수근 | 나도 전설이다
129 차근호 | 암흑전설영웅전
130 정민찬 | 벚꽃피는 집
131 노경식 | 반민특위
132 박장렬 | 72시간
133 김태현 | 손은 행동한다
134 박정기 | 승평만세지곡
135 신영선 | 망각의 나라
136 이미경 | 마트료시카
137 윤한수 | 천년새
138 이정수 | 파운데이션
139 김영무 | 지하전철 안에서
140 이종락 | 시그널 블루
141 이상용 | 고모령에 벚꽃은 흩날리고
142 장일홍 | 이어도로 간 비바리
143 김병재 | 부장들
144 김나정 | 저마다의 천사
145 도완석 | 누파구려 갱위강국
146 박지선 | 달과 골짜기
147 최원석 | 빌미
148 박아롱 | 괴짜노인 하삼선
149 조원석 | 아버지가 사라졌다
150 최원종 | 두더지의 태양
151 마미성 | 벼랑 위의 가족
152 국민성 | 아지매 로맨스
153 송천영 | 산난기
154 김미정 | 시간을 묻다
155 한민규 | 사라져가는 잔상들
156 차범석 | 장미의 성
157 윤조병 | 모닥불 아침이슬
158 이근삼 | 어떤 노배우의 마지막 연기
159 박조열 | 오장군의 발톱
160 엄인희 | 생과부위자료청구소송